파도에 밀려 온 신발 한 짝

강연순 시 · 그림

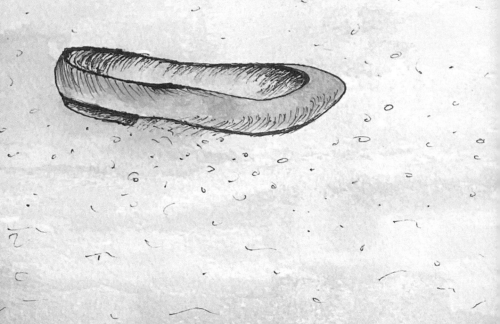

오랫동안 꿈을 꾸었습니다.
그림을 그리기 시작하면서부터 내 그림과 글을 실어 죽기 전에 책 한 권 손에 쥐어 보겠다는 소소한 꿈을 갖고 살았습니다.
내 삶이 그다지 남에게 내보일 만한 삶은 아니지만 나름 열심히 감사하며 살았습니다.

유년기 고향에서의 기억은 내 삶의 주춧돌이 되어 나를 지탱해 주는 힘이었습니다.
집집마다 아이들이 지지배배 거리고 마을 어귀, 양지바른 골목에 땅거미가 질 때까지 아이들의 함성소리가 끊이질 않았던 그 시절, 돌아가 딱 한 번만 보고 싶습니다.
해거름이면 집집마다 연기가 피어오르고 온 동네가 아이들의 웃음소리로 가득 차던 그 멋들어진 풍경들을 실감하고 싶습니다.

아이들 교육이 어느 정도 마무리될 때부터 결핍을 채우기 위해 많은 시간을 달려 왔습니다. 일을 하면서 그림을 그리고 공부를 하고 운전을 배우면서 나의 오십 대는 나를 재정비하고 내면 깊숙이 쌓인 한을 풀어내기에 하루하루 충실했습니다.
전시회를 앞두고 설레던 순간들, 여행 스케치를 다니며 자연의 한 모서리에 앉아 조각 글을 썼던 경험들이 쌓이고 쌓여서 나를 시의 바다로 초대하지 않았나 하는 생각을 해 봅니다.

아직은 걸음마의 단계지만 남아 있는 시간을 시를 쓰는 사람으로, 그림 그리는 사람으로 해야 할 일이 있다면 또다시 저의 체력이 소진될 때까지 열정을 쏟아 볼 생각입니다.

삶이 끝나는 날까지 도전을 멈추지 않는 아름다운 사람으로 기억되고 싶습니다.

병아리가 쓴 어설픈 글이지만 저를 온전히 담아 보았습니다.

사랑으로 읽어 주시고 많은 응원 기대해 봅니다.

차례

밀주

며칠 전부터 떠밀려 온 소문에
마을은 숙덕숙덕 매몰찬 바람이 불었다
우물가에서도 빨래터에서도
소문은 아낙들의 입에서 입으로
술 냄새를 물고 이집 저집을 기웃거리고 다녔다

단속반이 떴다는 날
항아리를 보듬은 어머니 눈동자는
볼때기에서 사탕 굴리듯 동서남북을 왔다 갔다
마구간에서 나무청으로
곳간에서 대밭으로 갈피를 잡지 못했다

밀정처럼 숨어든 단속반들이
어깻죽지 곧추세우고
새우 주둥이 같은 눈빛으로
킁킁거리며 온 집안을 헤집고 다닐 때
어머니의 다리는 물미역처럼
마당을 짊어지고 서 있었다

한바탕 태풍처럼 휩쓸고 지나간 단속반
어머니의 한숨 소리가 담을 넘어 골목을 가득 채우고
뒷산 뻐꾸기 구슬피 울어대며
진달래 꽃잎 하염없이 바람에 지던 아픈 봄날

파도에 밀려온 신발 한 짝

검은 고래가 크게 벌린 입에
흰 거품을 물고
먹이를 찾아 포효하는
보름달 맑은 물결 위로
절간의 고요가 잠시 머물다 간
바닷가 모퉁이

잔물에 찾아든
나이 든 신발 한 짝

오래된 시간 동안
어느 바다 한복판을 울렁거리다
초라한 정박을 했는지
바닷가 모래톱에 하반신 묻힌 채
힘없는 기다림은 시작되고

피 터지게 부서지던
서럽던 파도들이
모랫바닥을 적시던
눈물 조각을 끌어안고
한 발짝씩 멀어질 때면

심장에 맺혀있던
울혈의 덩어리가 뭉그러져
검은 고래의 허기진 배를 채운다

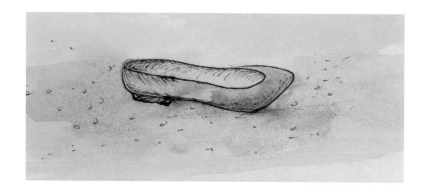

아홉 마지기 참외밭

어머니의 삼베 적삼 사이로
뜨거운 바람이 유희를 하는 여름이면
잣두[1] 아홉 마지기 참외밭에는
뚜덕뚜덕 지은 아버지의 원두막이
비틀비틀
안간힘을 쓰며 버티고 서있었다

밭고랑 노랑 참외는
축축 처져 땅바닥을 지고 있고
초록 겉옷에 주황색 속옷으로 단장한 개구리참외는
긴 몸뚱이를 감당 못 한 채 잡초 더미에 기대고 서 있다

더운 김이 아지랑이처럼 춤을 추는 여름 한낮에
화덕에서 막 기어 나온 것 같은 개구리참외
한입 베어 물면 주황색 단물이 침 튀기듯 퍼져 나가
술에 취해 원두막에서 낮잠 자던
아버지의 뇌가 해바라기처럼 웃는다

친구들 몽땅 몰고 가 참외 밭 낮 서리하고
처음으로 매받이 됐던 기억 속에 갇힌
잣두 아홉 마지기 참외밭

---

1) 잣두 : 전남 장흥의 한 지역

참외밭은 흔적 없이 사라지고
주인장은 여행 떠난 지 오래
그 오래된 기억마저 석양을 향해 걸음마를 시작했다

어죽

함석받이 나룻배 아저씨는
바람 잔 날을 잡아 탐진강 용바우 거리에 배 띄우고
붕어며 쏘가리며 가물치를 잡아서
털털거리는 짐바리 자전거 궁둥이에 싣고 와서는
삐걱거리던 우리 집 대문을
새벽 댓바람부터 열고 들어왔다

마당 한가운데에 푸덕푸덕 거리던
거멍점백이 붕어며 쏘가리며 메기 등을 풀어놓고
아버지와 흥정을 했다

오메 겁나게 많이 잡어부렀소잉
어머니는 연신 감탄사를 내뱉으며
거멍점배기붕어 배를 쓱쓱 갈라 창자를 꺼내고
두렁두렁 씻어 메기입같이 생긴 큰 가마솥에
찹쌀하고 마늘하고 싸잡아 넣고 아궁이에 불을 지폈다

맛난 고기 냄새가 온 동네에 진동하면
고기본내미 셋째 언니가 고기 냄새에 취해
사자머리하고 일어나 부뚜막에 올라가 국자를 든다

그날 아침 우리 집은 잔치마당이다
어머니의 땀방울로 간을 한 어죽에 묻혀
둘이 묵다가 하나 죽어도 모른다며
왼눈도 안 떠보고 수저만 들랑날랑

멍석 옆에 쑥불 피워 모기 쫓고
쏟아지던 별 무더기 바라보며 오순도순
남은 어죽에 온 식구 수저 꽂던 그날

지금은 되돌릴 수 없는 먼먼 옛 얘기가 되어
탐진강 물에 흘려보낸 지 오래
가슴 구석지에 박힌 멍 자국일 뿐

죽순

내 어릴 적 살던 집은
뒷산이 두 팔 벌려 대밭을
한 아름 안고 있었다
오뉴월이 오면 대밭에는
우후죽순 죽순들이 줄을 세웠다

갑옷 속에서 삐져나온 노란 속살
물오른 가시내의 종아리처럼
튼실한 죽순 살을 툭툭 분질러
된장 풀어 끓인 죽순 된장국
아삭하면서 칼칼하고 구수한 맛은
한동안 입 안에서 맴맴 돌았다

어떤 새벽 아버지는 더듬더듬
대밭으로 가서
사춘기 소녀의 가슴 꼭지 같은
어린 죽순을 만져보며
요놈이 좋겠네 하시며
깨진 항아리로 집을 지었다

몇 날을 컴컴한 항아리 속에서
몸부림치다가 꼽추 등을 하고
깨진 항아리 사이로 기어 나온 죽순은
껍질째 가마솥에 들어가
오랫동안 찜질을 하고

야들야들해진 죽순을 죽죽 찢어
된장과 고추장을 넣고 비빌비빌 해서
허구한 날 부뚜막에서
고슴도치 머리하고 잠자던 식초
한 방울 똑 떨어뜨리면
새콤새콤한 그 맛은
봄밤
울 아버지 막걸리 안주로는 딱이었다

이제는 내 기억 속에서 자라는 죽순
대밭 사이에 걸린
울 아버지 봄밤 이야기

시 쓰기 첫날

검정 가방 하나가 쭈글쭈글
바위처럼 골방 구석에 박혀 있다
골마다 쌓여가는 먼지를 닦고 닦았지만
날이 갈수록 가방은 낡아져 가고
열리지도 않던 가방

가방을 수선하는 수선집이 생겼다기에
문틈으로 새어 든 실핏줄 같은
희망을 머리에 이고 길을 나섰다

그곳에 가면 가방을 열어
그토록 찾아다니던 파랑새를 만날 수 있을까

안개 자욱한 어느 길 위에서
한참을 망설이다 한 걸음 떼어본다

스탠양푼

어느 때부터인지 쓰지 않고
부엌 구석지에 박혀 있던
오래된 스탠양푼

처음엔 반짝반짝 빛나던 양푼이
부엌의 주인공으로 오랫동안
이 음식 저 음식 담아내다 보니
찌그러지고 녹슬고 볼품이 없다

버릴 수도 그냥 쓰기도 애매한 양푼
눈도 귀도 없지만
볼 것 못 볼 것 다 보고
오만 불평불만 주저리주저리
들어줬던 손때 묻은 내 친구

겹겹이 낀 때는
닦고 또 닦아도 세제가 먹히지 않고
군데군데 노인네 얼굴 검버섯처럼
짙어만 갈 뿐

철로 된 수세미 사 들고 와
퐁퐁 두어 방울 떨어뜨려
벅벅 문질러 보니
울퉁불퉁 늙은이 쳐진 얼굴 같네

버릴까 말까 고민 고민하다가
묵은지처럼 곰삭은 정 때문에
색종이 사다가 예쁘게 붙여
보석함 만들어
안방 침대 옆에 놓아 주었다

그녀

처음 만난 그녀에게선
갓 건져낸 물김 냄새가 났다

밭둑에 널브러진
먹때알 같은 눈으로
하늘을 볼 때면 금방이라도
빗물을 토해낼 거 같았던 그녀

수확을 끝낸 밭 귀퉁이에
홀로 남겨진 수숫대처럼
간들거리며 걷던 그녀

마을 어귀에
노을 한 바가지 풀어놓은
석양에게 말을 건네던 그녀

날아가는 새들 불러
새참 같이 먹자던 그녀는
첫서리 내리던 그 밤
이슬처럼 사그라들었다

해거름 굴뚝에 연기 아른거리면
내게 말을 걸어오는 그녀

면접

이 옷 저 옷 입어 보는 거울 앞

내용 없는 자소서를 들고
집을 나선다

탁자 위 지구본은
원을 그리고

쉼 없는 마라톤은
금메달이 아닌 훈장이었어
빛바랜 안개 속에서
동창으로 기어든 햇살은
미끄럼을 타고

뿌연 미세먼지 속으로
걸어가는 꿈

설렘

길 위에서 우연히 만난
들국화 한 송이에도

줄지어 날아가는
기러기 떼를 보고도

옛사람 닮은 낯선 이의
뒷모습을 만나도

우연히 눈에 드는 첫사랑
세 글자에도

설레발치는 얼빠진 심장
설레발 따라 춤을 추는 마음 자락

설렘이 환각제처럼 찾아와

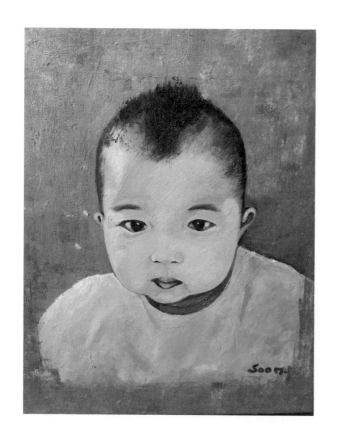

소라게

소라인가 하고 주우려 하면
재빠르게 어디론가 숨어버린다

남의 껍데기를 뒤집어쓰고
소라인 척
그들의 무리 속으로 들어가

봄볕에
말랑말랑한 햇살을 물고 살아가는
갯벌 위의 이방인 아닌 이방인

진짜 소라가 되어
태평양을 아우를 큰 꿈을 꾸며
포효하는 껍데기 속 집게발

바닷속을 온통 제집인 양
신나게 춤을 춘다

밀려올 파도는 까맣게 잊은 채

스마트폰

시선을 한곳에 모으고
심취해 있는 군상들

앞도 뒤도 모른 채 홀린 듯
귀도 닫고 입도 닫고 가슴도 닫고
눈만 껌벅거린다

하늘이 푸른지
산이 푸른지
구별도 못 하고
초점을 잃은 눈동자는
허공을 헤맨다

내가 누구인지
네가 누구인지
혼돈의 강을 건너
어둠 속을 걷는다

그대들은 어느 별에서 왔는가

파스를 붙이며

정맥의 가는 실핏줄들이
퍼렇게 엉켜있는 탄력 없는 관절 위에
뚜덕뚜덕 붙어있는 누런 오브제들

보상 없는 노동이 남겨준 매운 상흔들이
훈장인 듯 낡고 색 바랜 캠퍼스에 그림을 그린다

밤새 파도처럼 출렁이던 관절의 통증도
그림 위에 누워 잠시 순한 숨을 쉬고
오다리로 뒤틀린 척추의 몸부림도 오브제 뒤로 숨어들어

가을바람에 날아드는 짧은 시간 앞으로
당당하게 걸어가는 달달한 꿈을 꾸어본다

커튼 사이를 비집고 들어온 한 줄기 햇살과
웃을 수 있는 아침이 항상 같이하길 기도하며

아버지의 술

징허다
밥 위에 얹을 쌀도 없는디
평생 이 짓을 해야 하냐며
어머니는 늘 푸념을 하셨다

가마솥 위 시루에 무지개가 뜰 때면
나는 이른 잠을 청하지 못했다

뭉글뭉글 하얀 구름 같던 고두밥을
투박한 손으로 꼭꼭 쥐어서
막내인 내 손에 쥐여 주시곤

어머니는
고두밥에 누룩을 섞어 항아리에 넣고는
아랫목에 이불을 덮어 잠을 재웠다

며칠이 지나자 항아리 속에서
부글부글 거리던 어머니의 눈물은
아버지의 호리병 속으로 들어갔다

호리병 속 술이 낮잠을 자던 날
어찌하여 그 좋아하던 술을 한 방울도
못 드시었소 하며
어머니는 울먹이셨다

그때는 몰랐다
아버지의 술이
어머니의 아버지를 향한 사랑이었다는 것을

가을

칼칼한 가을바람이 옷깃을 여미게 할 때
즈음이면
쑤석쑤석 뒤집어 보는 오래된 장롱 속

시집올 때 넣어 온 모시 저고리가
누렇게 뜬 얼굴을 하고
날 바라본다

때로는 구겨지고
때로는 뜯어지고
이곳저곳 멍들어
벌레 먹은 낙엽처럼 아파하고 있다

한때는 정갈했던 모시가
무겁게 내딛던 발길질에 지쳐
장롱 구석에 쓰러져 있다

일어나 매무새를 고치고
다림질도 해보고
시간을 꿰매기도 하여
하늘이 높고 햇살이 부신 날
옷고름 휘날리며
나들이 가볼까나

그녀는

파도처럼 밀려드는
감정의 소용돌이를 방파제에 가두어 둔 채

얼룩지고 낡은 옷을 허물 벗는 새우처럼
벗기고 또 벗겨내려고 안간힘을 썼다

내 안에 안착한 묵은 파편들이
스멀스멀 밖으로 기어 나와
등때기에 엉겨 붙어 바닷속 깊이 침잠하고

갑옷처럼 단단해진 허물을 벗기 위한 몸부림은 파장을 일으켜
시리다 못해 시퍼런 응어리가 되어
파도에 밀려 나가 검푸른 바다에 부표처럼 떠 있다

어둠을 먹기 시작한 광활한 바다 위에
초라한 닻을 내리는 늙은 어부처럼

낙지를 찾아서 -시를 찾아서

갯벌 구멍에 낙지가 산다기에
구멍마다 손을 넣어 보았다
낙지는커녕 주꾸미도 잡히지 않고
쓰잘머리 없는 소라게만
뻘밭 위를 왔다 갔다
이 구멍 저 구멍 찾아든다

낙지 찾아 빈 뻘밭 헤매다 보니
머릿속엔 낙지가 우글우글
지나가는 낙지 한 마리 잡아
바구니에 담아 넣고 흐뭇해하며
집에 와 열어보니 낙지 아닌 갯지렁이

헛헛함 끌어안고
하늘을 쳐다보니 푸르다 못해 시린
빈 하늘만 바구니 가득 채운다

거울

매일 만나는 너
화장실에서도
옷 방에서도
자동차 속에서도

너는 늘 나에게 말을 걸지
잘 잤느냐고
밥은 먹었느냐고
오늘은 잘 살았느냐고
...

항상 우린 같이 살지
너의 속에 내가 있고
내 속에 네가 있고

너는 엑스레이처럼
날 찍고 있어
실핏줄까지

연휴

정체된 시간들이
나를 혼돈의 세계로 끌고 간다

기억 속에서 모두가 사라진 순간
헛헛함을 안고 가슴 문을 파고드는 잿빛 하늘

시냇물처럼 유유히 흐르던 시간들이
보에 걸려 숨을 헐떡이다 갈 곳을 잃고
허공 속에서 빈손으로 어둠을 끌어안는다

길을 헤매다 제자리를 찾아드는 시간들
햇살 따사로운 우주로 튀쳐나갈 날이
빨리 오기를

그리다 둔 그림

바라보고 또 바라보고
오맹 가맹 쳐다보고
말도 걸어보고

만지고 쓰다듬고
고운 옷도 입혀 주고
사랑도 한 아름 안겨주고…
달려가는 마음 뒤로한 채
점점 멀어만 간다

눈을 뜰 때도
잠이 들 때도
내려놓지 못하고
가슴 한자리 돌 하나 얹어진다

전시 일은 바득바득 다가오는데
이젤은 왜 이리 멀리 있는지

마냥 흘러가는 시간 앞에
자꾸만 작아지는 나

추어탕

가을걷이가 어느 정도 끝나면
동네 아낙들은 나락이 오줌 싸놓은 논배미에 가서
미꾸라지를 잡았다

호미로 찰지디찰진 논바닥을 파 재끼면
오글오글 미꾸라지들이 팔랑거리다가
아낙들의 손에 잡혀 마을로 끌려왔다

그럴 때면 시암 골 빨래터엔
바구니에 갇힌 미꾸라지들이
소금 뿌린 해수탕에서
꺼끌꺼끌한 호박잎으로 때 목욕을 한다
몇 번 때를 벗기고 나면
죽은 낙지처럼 쭉쭉 뻗어 한숨을 쉬던 미꾸라지는
김이 모락모락 나는 가마솥 온탕으로 들어갔다

가마솥 미꾸라지가 한소끔 끓고 나면
절구통에 득득 간 물고추와 숭덩숭덩 썬 파에
어머니의 사랑표 조미료를 넣고 버무려 솥에 부은 후
한참을 아궁이에 나무를 집어넣고 불을 지핀다
맛나게 끓인 미꾸라지탕은
가시내 엉덩이만 한 놋쇠 국자로 휘휘 저은 후
작은 항아리에 담겨 부엌 깊은 곳에 몸을 숨겼다

어머니는 끼니마다 쭈그러진
조막만 한 양은 냄비에 미꾸락지탕
한 국자 떠 담아 가마솥 밥쌀 위에 놓고
보글보글 끓여 아버지 밥상에 올려드리니

어머니의 사랑표 조미료로 간 맞춘
추어탕 드신 아버지의 얼굴엔 늘
뒷산 진달래꽃이 내려와 묻어 있었다

집을 잃은 거미

바람이 분다
사분사분 불던 바람이
태풍이 되어 숨 쉴 틈을 주지 않는다

집을 잃은 거미는 음습한 대숲을 지나
낯선 마을로 들어섰다
숨 죽은 듯 고요한 마을

이끼가 더덕더덕 낀 돌담 아래
가늘게 떨고 있는 달리아꽃에서 쭈그리고 하룻밤을 묵었다
돌담 아래까지 어김없이 찾아온 얄궂은 바람

오늘도 거미는 집 짓기를 미루고
이 나무 저 나무에 몸을 매달고
바람이 멈춰주기를
따뜻한 저녁을 함께할 수 있기를 기다린다

노인

허기진 가슴 밖으로 손을 내민 채
오래된 툇마루에서 새우등을 하고
물먹은 달²⁾처럼 눈물을 물고 있다

달동네를 떠돌던 잔별들의 기침인 듯
들려오는 신음 소리

삶이라는 덫에 걸려 살아내 온
팔순의 아린 시간들이 안고 사는
인장 없는 계약서
이제 막 도착한 막차 편으로
해지 통지서 한 장 실어 보낸다

어둠이 내려앉은 노인의 등 뒤로
물먹은 달빛이 서럽다

---

2) 물먹은 달 : 달무리 진 달

산에 봄이 오고 있어요

지나가던 봄바람 산허리에
구름 한 바가지 뿌려놓으니
꽃바람에 설레던 진달래는 분홍신 거꾸로 신고
속절없는 소나무에게 청혼을 하고
돌배나무 아래 초례청을 차렸다

소곤소곤 기지개 켜던 참새들
코 골던 두더지 축가 부르겠다며
목청 다듬는다

멀리서 들려오는 산사람들의 웃음소리
메아리가 되어 합환주 한 잔 뿌려 놓으니
새색시 살포시
얼굴 붉힌다

산에 봄이 오고 있어요

밥

제발 밥 먹으란 말 좀
그만 하세요

밥
밥
밥
그놈의 밥

집에 오는 내내 정신을 혼미하게 했던
그놈의 밥이
귓바퀴를 맴맴 돌아
혼자 먹는 밥상 위로
툭 하고 떨어져
밥을 말고 있다

어금니

60여 년을 넘게 내게서
뿌리내리고 섭생을 같이했다

벌레에게 먹히고 송곳에 의해 파이고
파인 구멍을 드릴로 갈아내고
파인 자국을 돈으로 막고
온갖 수난을 당하며 같이 살았다

달달하던 때도
쌉쌀하던 때도
삼겹살에 청양고추 얹어 먹을 때도
위아래 마주 보며 속닥속닥

이제는 나이 들어 서로서로
다독이며 행복하자 했더니
내 어금니 뽑아내고
인공 어금니 심어야 한단다

또다시 드릴로 갈고
송곳으로 파내는 아픔을 견뎌내며
살을 에는 고통으로
널 보내야 하다니

가을 물천어 찜

이맘때면 구수한 물천어 찜 냄새가 마을을 휘감고
우리 집 백구는 침을 질질 흘리며
뜰 안을 헤매고 다녔다

가을걷이를 거의 끝내고
입이 궁금해진 동네 아저씨들과 청년들은
족대와 그물을 매고 탐진강으로 나갔다

몇 사람은 고기를 몰아 족대로 고기를 잡고
한두 사람은 그물로 고기를 잡았다
붕어 피라미 모래무지 등
여러 종류의 물고기들을 양동이 가득 잡아 오면

통통하게 살 오른 가을무를 툭툭 썰어
가마솥 바닥에 깔고 그 위에 묵은지로
이불을 덮고 물고기를 얹어
고춧가루와 갖은양념 뿌려 장작불 피워 한나절 끓여 내면
귀하디귀한 소고깃국하고도 안 바꿨던 가을 물천어 찜

몇 날 며칠을 밥상 위에 올려도
물리지 않고 끓이면 끓일수록 입에 쩍쩍 붙어
뼈인지 살인지 입안에서 곰삭아버리던
오묘한 그 맛

이제는 혀끝에 남아있던 그 기억마저도
탐진강 틉틉한 이끼 속으로 사라지고
밥상머리 둘러앉아 붕어 대가리 골라내며
쩝쩝거리던 초가집 툇마루 풍경도
강물 따라 흘러가고 없는 지금

물 축제 플라스틱 깃발이
탐진강 물속에서 손을 흔든다

탐진강 길

탐진강을 끼고 돌아 십여 리
코뚜레 풀린 망아지처럼 뛰어다니던 어린 시절

북풍이 불던 겨울이면
온몸으로 매서운 칼바람을 받아내며
바람 꼬지를 걸어야 했던 여덟 살 꼬맹이

아이들 입에서 입으로 박림소 모래밭에
밤이면 도깨비들이 모여 담배도 피우고
춤을 춘다는 이야기들이 파다했던
등에 식은땀 나게 한 도깨비 이야기

비 오는 날이면 보트장 위 돌무덤에서
아기 울음소리가 들린다는 얘기를 떠올리며
죽어라 달리기를 했던 길

한낮에 자라들이 바위에 앉아
낮잠을 자고 노란 개연이 긴 목을 하고
연잎을 풀어 헤친 채 고상한 자태를 뽐내던
창랑정 절벽 아래 그 강 그 길

물바람 흙냄새를 품고
마을의 애환을 오롯이 받아내던 길

숱한 발걸음에 닳고 닳아 종이 장판처럼
반질반질하던 길이 시멘트로 덮이고
사시사철 강바람을 끌어안던 산허리는
포크레인으로 파헤쳐진 채

버스가 웅웅거리며 바위에서 낮잠 자던 자라를
내쫓아버린 아름다웠던 내 추억의 그 길
시간의 흐름에 쫓겨 간 그 길은 지금쯤
어디를 가고 있을까

반창고

그녀의 갈퀴 같은 손가락엔
번쩍거리는 금반지 대신
늘 누르팅팅한 무명 반지가
끼여져 있었다

손톱 밑이 빨간 속살을 드러내고
입을 벌리면 발끝부터 치밀고 올라오던 통증을
불평 한마디 없이 받아내던 때에 절인 반창고

늦가을 마른 바람이
논뙈기 밭뙈기에 휘몰아칠 때면
그녀의 거친 살갗은 벌겋게 터진 채
반창고에 몸을 맡겼다

이놈 없이는 하루도 못 살어 하시며
밤마다 품에 안고 사시던 반창고

지금은 일회용 밴드로 개명을 하고
그녀의 고통을 천만분의 일도
깨닫지 못했던 불효를 일깨우며
날마다 빈둥빈둥 놀고 있는
내 손톱 밑으로 숨어와 어머니를 기억한다

추석

한 달 전부터 어머니는
추석 차례상 걱정을 입에 달고 다녔다

어머니는 새벽녘에 일어나
노작지근한 벼를 베어 홀태질을 해
가마솥에 넣고 푹푹 삶았다
구수한 찐 쌀 냄새가 멍석 위에서
모락모락 김을 타고 온 동네 마실을 가면
아이들 혓바닥이 헛발질을 하고

삶은 벼 낱알들이 고슬고슬 말라
절구통에서 수도 없이 머리를 얻어맞고 탄생한
말랑말랑하고 구수한 올배쌀³⁾
볼이 터져라고 한입 가득 오물거리면
동네 아이들 손바닥이 줄을 선다

의기양양 주인공이 된 올배쌀은
고구마며 옥수수며 가지 오이 등을 데리고
추석날 차례상 위에서 절을 받고
두런두런 웃음꽃 피울 때면

---

3) 올배쌀 : 일찍 베는 벼에서 나오는 쌀

64

툇마루에 서서 추석
차례상을 바라만 보던 어머니는
고단함을 등에 메고
가을 들판을 가슴으로 보듬는다

달

달이 전깃줄에 대롱대롱 위태롭게 서 있다

한때는 친구들 손잡고 마중하던 달
어느 날엔 칠흑 같은 어둠을 밝혀주던 달
지난봄엔 통복천 벚나무 가지 끝에 달려 있던 달이

아파트 난간에 걸려 버둥대다가
태풍에 못 이겨

전깃줄에 발을 내려놓고
아슬아슬한 줄타기를 하며 구조를 기다린다

은어

질퍽거리던 강 하구를 핥고 또 핥았다
유토피아를 찾아
강을 거슬러 휘청이며 찾아간
물속에 파란 하늘 덧대인 그곳

은빛 드레스에
연꽃 화관 단장하고
살랑살랑 물바람에 옷자락 휘날리니
남포에서 구름에 부쳐 온 청첩장 하나

탐진강 모래 숲에 아들딸 낳아 두고
빛바랜 드레스 걸친 채
설익은 서리태 같은 눈동자로
하늘바라기 한다

가상인간

버추얼 인플루언서
처음 들어보는 낯선 단어

이름은 오로지
나이 22세(영원히 변하지 않음)
키 171cm, 52kg
혈액형 O형
직업 패션 인플루언서
CF 모델
팔로워 7만 명
수익 연 100억
오로지로 먹고사는 직업군이 생김

완전미를 갖춘 미모의 여성이
능수능란하게 춤을 추고
멋진 광고 멘트를 쏟아내면서
TV 속을 누비고 다닌다

밀림의 하이에나처럼
인간의 설 자리를 야금야금
먹어 치우고

짝퉁들의 홍수 속에
진퉁은 숨을 쉴 수가 없다
가짜가 진짜 같고 진짜가 가짜 같은
아리송한 세상

우리에게 숙제를 안겨주는
수많은 오로지들

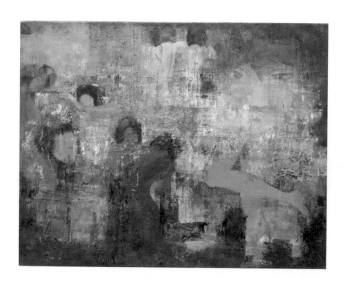

첫날

설렘을 안고 달려와 보니
꽃 각시들이
환한 웃음으로
초롱한 눈망울을 하고

청량한 물방울 속에서
툭 하고 튀어나온 듯한
아이리스처럼
상큼한 그녀에게
시를 배운다

마음 한 바구니 꿈을 안고

자연의 혜택

날마다 차곡차곡 쌓여 가는 빚

숨을 쉴 때도
잠을 잘 때도
산책을 할 때도
나도 모르게 불어나는 빚

빚을 지고도 깨닫지 못하고
쓸데 안 쓸데 구별도 못 하고
명품 백도 사고 밍크코트도 사 입고
시루떡처럼 덕지덕지 쌓여만 간다

여기저기서 빌려 쓰고
갚으려고도 기억도 하지 않고
마구마구 써대는 빚

줄이고 줄이고 거르고 걸러서
대를 이어 갚아야 할 빚

당신은 빚 갚을 생각은 하고 있나요

갓김치

어릴 적 먹었던 갓김치 맛이 그리워
마트에서 사 온 토종 갓 석 단

손으로 대충 잘라 쓱쓱 씻어
켜켜 소금 두어 줌 뿌려 놓으니
홍조 띤 새 며느리 손가락처럼 보들보들

밑동이 둥실둥실한 가시내 엉덩이 같은 쪽파 섞어
찹쌀죽과 추자도 멸치 생젓 넣고
햇고춧가루 뿌려 버물버물

그 시절 그 맛
알싸한 맛이 혀끝을 지나 목구멍을 치고
콧구멍을 톡 쏘며 며느리 가슴에 쌓인
시집살이 응어리를 시원하게 풀어주면
며느리 얼굴에서 보라색 김칫국물이
환하게 웃던 빨간 갓김치

새 며느리에게 밀린 시어머니처럼
개량종 갓에 떠밀려 설 자리를 잃은 토종 갓

마트 진열대 구석탱이에서 꾸벅꾸벅 졸다가
고향 집 장독대 항아리 속에서 꺼내보는 빨간 갓김치

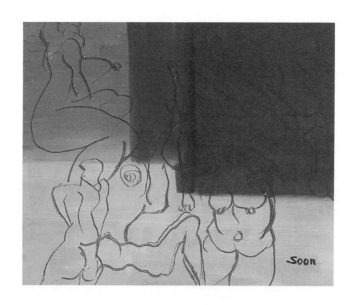

복사

조막만 한 핸드폰 속에서
이곳저곳으로 옮겨 다니며 일손을 거든다

손가락만 갖다 대면
복사라는 두 글자를 등에 업고
귀신처럼 어느 구석지에 웅크리고 앉았다가
손가락을 갖다 대면
금세 따라와 붙이기 한다

눈에 보이지도 않는 것이
손에 잡히지도 않는 것이
힘도 들이지 않고 손가락을 따라다니며
눈치코치 없이 내가 가는 곳마다
따라와 철석 달라붙는다

글씨도 그림도 비디오까지
무거운 짐을 등에 업고 유령처럼 날아다니며
손가락 끝에 붙어 척척 해결해 준다

눈에 보이지도 잡히지도 않는
내 귀여운 우렁각시
고마움은 차곡차곡 쌓여가는데
전할 방법이 없다

회갑을 맞으니

육십 년은 조물주가 준 명줄
나머지는 덤이라 했던가
육십 년을 되돌아와 그 자리에 서니
낯선 여인네 홀로 서 있다

뽀송뽀송하고 톡톡 튀던 새색시 오간 데 없고
깊어진 주름살만 덤으로 얹혀있다

주름살이 안고 있는 많은 생채기들
그 생채기들 속에서 찍어보는 마침표

마침표 앞에 다가온 덤
누구와
무엇을
어떻게…

육십 년이라는 긴 터널을 지나 도착한
낯선 섬에서
오늘도 주문을 외운다

경청
공감
배려
칭찬

호박

호박꽃에 나비가 들던 날
열매가 맺히기 시작했다

하나의 생명이
자라고 있다는 것을
애호박이 되었을 즈음에야 알았다

잡초 속에서
달디단 햇볕을 먹으며
튼실하게 자란 호박

하늘 높고 햇살 부신 가을날
넝쿨 채 굴러온
호박

오늘도 반질반질
손때 묻은 몸으로
꽃 피울 날을
기다린다

추석날

추석날에 캠핑 간다는
아들 녀석의 전화 통보에
한 대 얻어맞은 머리

할머니네 안 가고
시골로 잠자리 잡으러 간다고
들떠 있던 손주 녀석

텅 빈 거실엔 구피마저 숨죽이고
안방을 등에 지고 있는 한 사람
주방에서 종종걸음치는 한 사람

나물 볶고 전 부치고 생선 구워
하염없이 바라보는 수저 없는 빈 식탁

며느리 살이 40년에 얻어낸
시어머니란 직함
색이 바랜 앞치마는
부엌을 향해 달려가고

꾸다 만 꿈이 헛헛함을 안고
저만치 서 있다

어머니의 좀도리

땀내 나는 무명 적삼 소매 끝에서
돌돌 말린 지폐로
환생하는 좀도리

은밀한 곳에 끼니마다 한 줌씩
구석잠을 재워두고
일곱 손가락 꼽아 보며
정화수 앞에 놓고
두 손 모으시던 어머니

좀도리 항아리에 이팝꽃이 넘실대면
어머니의 얼굴에 웃음꽃이 피어나고

햇살이 자지러지던 어느 봄날에
치맛자락 휘날리며
좀도리 머리에 이고
십 리 길 나서시는
어머니의 뒷모습에도
자목련 꽃잎에 이슬이 맺히듯
작은 꿈이 서려 있었던
어머니의 좀도리

마을 어귀 은행나무

마을의 애환을 먹고 자라
뉘 집에 숟가락이 몇 개인지
식구가 몇인지까지
내가 태어나기 전부터
아버지가 이 마을에
터를 잡기 전부터의 이야기를
다 알고 있을 터이다

하늘에서 별똥별 하나 마을에 떨어져
지붕 위에 하얀 적삼 던져지던 새벽

은행나무 아래서
서러움을 둘러맨 채
마지막 여행객을 싣고
떠날 준비를 하는
울긋불긋 치장을 한 삼 층 상여

상여를 돌며 술래 잡이 하던
철없던 아이들은
도시로 수학여행을 떠나고

수많은 만장을 따라
저승길을 향해 가는 삼 층 상여
은행 알이 상주의 눈물인 양
후드득후드득 떨어질 때면

노란 트렌치코트 입은 신사가
마을 어귀에 홀로 서서
쓸쓸히 탐진강을 바라보며
장송곡을 부른다

고추장

겨울 찬바람 속에서 씩씩하게 자라
겉은 거칠지만 속정이 깊은
겉보리 엿기름 국물에
밥도 죽도 아닌 찹쌀밥 섞어

휘휘 두른 뭉글뭉글한 식혜에
한여름 들판에서 헉헉거리며
빨갛게 썬탠한
고춧가루와 메줏가루를 넣고
그 위에 소금 몇 줌 솔솔 뿌려
손바닥만 한 나무주걱으로
뱅뱅 돌려주면
빨갛게 물들어
여인네 속 터진 심장 같아

매실청과 조청 엿 넣고
손가락으로 콕 찍어 간을 보니
탱글탱글한 입술에 반질반질
발라지는 빨간 립스틱

엉덩이가 펑퍼짐한 항아리 속에서
숨골 만들어 웅크리고 앉아
검붉은 멍 덩어리 스멀스멀 풀어내면

삼 년 묵은 체증이 쑥 내려간
우그러진 여인네 스트레스가
매콤달콤한 향기 안고
밥상 위에서 밥을 비비고 있다

목화밭 무시 잎

관 서당 목화밭 무시 잎
여름이면 우리 집
유일한 밑반찬이었다

석양이 신흥사 뒷골에
주황색 원앙금침 깔아 놓으면
목화밭에서 기도 못 펴고 자란
무시 잎 밑 순 뜯어
옆구리 터진 대바구니에 담아
무시 잎은 미영밭 무시 잎이 최고제
하시며 바람처럼 달려온 어머니

물에 서너 번 휘휘 둘러
숭덩숭덩 잘라 된장 한술 떠 넣고
부서질까 조심조심 조물조물
아버지가 마시다 둔 막걸리로 만든
부뚜막 잠충이식초 두어 방울
똑 떨어뜨리면 새콤새콤 아삭아삭

냄새 맡고 찾아 든 객식구 쫓아가며
보리밥에 쓱쓱 비벼
볼때기 터지게 한 입 몰아넣으면
고기반찬 부럽지 않던 무시 잎 된장지

된장지 한 젓갈에 세상 근심 내려놓고
잠자리 속 날개 같은 목화 꽃향기로
하루를 마무리하시던 어머니

마음은 목화밭에 두고
보리밥에 된장지로 허기진 배 채우시던
어머니의 목화솜 이불이
오늘도 깊숙한 장롱 속에서
관 서당 목화밭을 그리워한다

나팔꽃

얽히고설킨 잡초들 사이로
비집고 들어간 뿌리

봄부터 여름까지
힘찬 꿈틀거림으로
더듬더듬 지지대를
한껏 말아 밀어 올려

마디마디 꽃망울을 터뜨리는
이른 새벽녘

분홍빛 여명이 장막을 걷어 내면
보라색 트럼펫 화음이
마을을 깨운다

꿈

낮게 날아야 높게 날 수 있고
낮은 걸음을 떼어야 정상에
오를 수 있듯이
낮은 곳을 먼저 보아야
높은 곳을 볼 수 있겠지

어미 새는 아기 새를
나무 아래로 떨어뜨려
날아오르게 하고

물은 언제나 높은 곳에서
낮은 곳을 찾아 스며든다

아무리 높게 날아도
하늘 아래 머물고
아무리 낮은 자세로 살아도
땅 위에 머물러 있을 뿐

늦가을 산

파란 천장에 달린
주황색 샹들리에 아래
노란 카펫 위 발가벗은 모델들

두 팔을 벌리고
다리를 꼬고 앉아
엉덩이를 자랑이라도 하듯
각각의 포즈로

초를 다투며 취하는
모델들의 포즈 앞에
선을 놓치지 않으려는 듯
연필은 종이 위에서 현란하게
춤을 추고

끓어오르는 욕정을
노란 카펫 위에 쏟아내며
나목 사이에 족적을 남기는
늦가을 산

가을 산에 찾아드는 겨울 손님은
눌러앉을 채비를 하고

스산한 바람 속에
뿌리의 힘까지 밀어 올려
봄을 기다리는
누드모델들

후회

머릿속에 눌러앉은
잘못 맞춰진 퍼즐들

호수에 바람 자고
평화로워 보이던 날
하늘이 물속에 떨어져
담담하게 날 바라보던
그때에도

불쑥불쑥 튀어나와

뽀얀 얼굴에 피어오르던
분홍색 장미 피기도 전에
발아래 떨어져 버린

잊을 만하면 툭툭 튀어나와
약 올리고 사라지는
저장 공간을 지배하고 있는 그 녀석

잠을 설친 밤

내일은
커다란 지우개를 사러 가야겠다

냉장고

오늘도 부글부글
속앓이를 한다
유령처럼 집안 구석지에 서서
소갈머리 없이 두 가슴 다
열어놓고

나 없이는 못 살 것처럼
허겁지겁 달려와
남의 가슴 헤집어
욕심껏 뱃속 채우고
등 돌리는 매몰찬 인간들

속이 썩어가는 건
까맣게 모르고
겉만 반지르르
닦고 또 닦고

너 없인 못 산다고
넌 최고라는
입에 발린 소리에 속아
날마다 홀로 속앓이하며
집을 지킨다

털신

아버지가 싫어서
아버지처럼 살지도
아버지를 닮지도
말자 했던 아들

아버지의 술이
대문에 화살이 되어 꽂히고
어머니의 탄식이
마당에서 곡소리를 낼 때면
가슴 안 불덩이 부여잡고
몸부림치던 아들

댓돌 위
아버지의 털신조차도
보기 싫었던
유난히 추운 겨울
소낙눈 맞으며
아들은 집을 떠났다

강산이 변한다는 10년이
여러 번 지나고
아들 머리에도 하얀 눈이
살포시 내려앉아 있던
어느 해 겨울

아들의 발에
신겨져 있던
아버지의 털신

이거처럼 편한 신발이 없어 하며

장흥댐

소녀의 우주에
검은 커튼이 내려지고
서러움에 울음 삼키던 그날

살던 집이 없어지고
마을이 물속으로
걸어 들어가던

이주민이라는
허울을 뒤집어쓴 채
그곳을 떠나
뿔뿔이 흩어져 버린
이웃과 친구들

물속 고기들 쑥쑥 자라
마을을 이루고 살던 어느 해
우연히 지나가다 마주한 장흥댐

아직도 마을 어귀에서
울고 있는 소녀를 만났다
소녀는 떠난 게 아니었다
그냥 떠나 보였을 뿐

비로소 내가
그곳에 주욱 머물러 있었음을
깨닫던 하루

흔적

종갓집 뒤뜰 안
이끼 낀 장독대
항아리들이 제멋대로
수군거리며 앉아있다
깨지고 뚜껑도 없는 채로

한때는 반들반들 광이 나고
질서 정연하게 줄을 세우던
항아리들

새까맣게 타버린
서른일곱 홀로된 종부의 눈물이
엉덩하게 말라 비틀린
잡초 더미를 부여안고
조각 난 항아리에 들러붙어
한을 풀어내는

천년을 살 것 같던
억척의 삶
백 년도 못 살고 시들어간
종부의 염원이
허물어져 가는 종갓집 높은 대문에
기대고 서 있다

비문증

어느 날부터 눈에 보이는
까만 날파리 몇 마리
하얀 쌀밥 먹을라치면
까만 티가 몇 개 섞여
젓가락으로 휘휘 저어보니
순간 젓가락으로 옮겨붙는다
고 녀석 날쌔기도 하여라

깨끗이 빨아놓은 흰 운동화 신고
산책을 나서면 어느새 운동화 끈에
와 있는 그 녀석 부지런도 하여라

가는 곳마다 미리와 나를 기다리는
그 녀석
나이 들어 심심할까 봐
같이 놀아주는 내 친구
고맙기도 하여라

젊을 땐 그리도 불러내던
친구들 대신
날파리 몇 마리가 그 자리를 지킨다

첫눈

관절통에 찌들린
늙은이 얼굴 같은 날
우두커니 비석처럼 서 있는
건물 사이로 내려앉는
하얀 면사포 쓴
눈물 머금은 꽃송이

피어보지도 못한 채

스멀스멀 기어 나온
인간의 끝없는 욕망 앞에
나뒹굴다가

지나가는 사람 붙잡고
하소연이라도 할까
흙탕물 되어 흩어지는

그 옛날 저린 기억 속
오밀조밀 사이좋은 고향마을
예쁜 눈사람으로 살아가던
그때 그리워하며
빌딩 숲을 헤매다

사라져간 그 사람

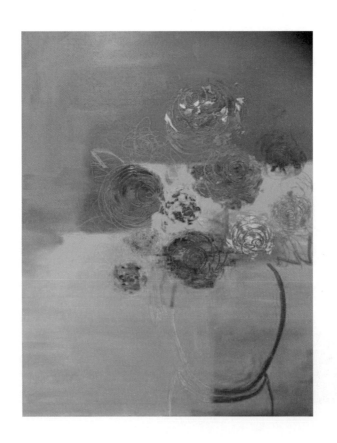

국화

무심코 길에서 만난
노란 국화

한 해를 추수하는
가을의
단편에 서서
인고의 시간들을
꽃잎 하나하나에
쌉싸름한 향기로
담아내며
찬 서리 속에
꿋꿋이 서 있는 노란 국화

아릿한 향기
치마폭에 담아내어
그리움 수놓아
서늘한 바람에 날려 보내니

날아가던 기러기
뒤돌아보며
첫사랑 생각에 가슴 설렌다

팥죽

동지 때만 되면
빨간 팥이 가마솥에서
뭉글뭉글 끓어 올라
구수하고 달보드레한 향기가
담을 넘어
이웃집 마당에서 춤을 추고

하얀 찹쌀가루에 따끈한 물 부어
투박한 나무주걱으로 휘휘 섞어
꾹꾹 눌러 뭉쳐주면

질지도 되직하지도 않게
일 년 동안 묵은 액운
속살에 감춘 채
쟁반 위에서 잠시 눈을 붙이는
반들반들 손주 볼따구니 같은
반죽 덩어리

날랑날랑한 찹쌀 반죽
꿩알만큼 톡 떼어 비빌비빌
손바닥 안에서 굴려주면
해묵은 응어리 풀어내며
동글동글
진주처럼 예쁜 새알들

핏물 같은 팥물이 파르르 떨며
가마솥 언저리에서 넘실거려
애꿎은 새알 조심조심
던져 넣으면
빨간 망토 입고
동실동실 떠올라
군침 고이는 동지팥죽

잡귀들 물러가라
뜰 안 돌면서
빨간 팥 국물 솔잎으로 뿌려
무탈한 새해를 기원하시던
어머니의 바람

동지 때만 되면
나는
어머니의 그 바람을 먹는다

새해를 앞에 두고

한숨 자고 나면
새해의 태양이
유리창 밖에 와있겠지
설렘이 소리 없이 다가와
어느새 사라지고 아쉬움만
밀물처럼 밀려드는 한 해의 끝날

해가 수평선에 걸려
주황빛 노을이 구름을 안고
잠시 아주 잠깐
눈을 감는다

일 년이 순간에 지나가고
아린 통증이 가슴 안에 가득 차고
머릿속엔 쓰잘머리 없는
거푸집만 뭉개고 앉아

일 년이 하룻밤처럼
스쳐 지나간
2022년 마지막 날에

새해 첫날

어둠이 채 걷히지 않은 새벽
찬바람을 가르고
빨간 차도르를 걸친
적도의 여인이 노크를 하는

각양각색 365개의 장막
첫 번째 장막이 걷히니
붉은 여명이
눈부시게 떠오르는 태양을 보듬고
희망의 메시지를 보내온다

한 해의 소망을 하얀 보자기에 싸매
가마솥에 동동 띄우며
무탈한 일 년을 기원하고
헛헛한 가슴 채우려
입안 가득 복을 먹는
2023년 첫날 아침에

온수 매트

달그락달그락 설거지를 하다가
힘들 땐 늑대의 울음처럼 울어댄다
우우웅~~

3년 전엔 군소리 없이
자기 일만 하던 아이가
나이를 먹으니 불만이 많아졌다
때론 부글부글한 속내를
드러내기도 하고
참다못해 물멍이 터져 나와
방바닥이 흥건하게 젖을 때도 있다

얼마나 숨이 막혔으면
저리도 답답해하는지
밤새워 덜그럭덜그럭 삐~~
한동안 조용하다가 조심스레
바스락바스락 삐리리~~

불만을 해결해 달라
하소연하지만
방법을 몰라
그저 한 귀로 듣고 흘릴 뿐

긴 시간 얼마나 힘들까
너도 고통 나도 고통
이불 속은 네 덕에 따뜻하지만
밤새 구시렁거리는 네 불만은
들어주기 참 힘들다

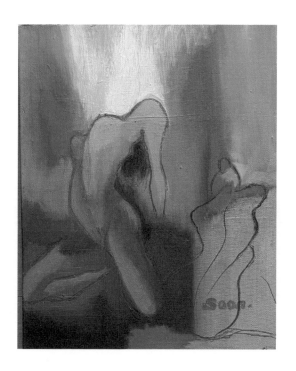

오래된 기억

징검다리를 건너서
집배원이 두고 간
낡은 우편함 속 편지

새하얀 편지지에
꾹꾹 눌러 쓴
봄이 온다는 말
설렘은 긴 여운을 남기고

한 줌의 그리움을
도화지에 뿌리며
시간을 덧대던 기억
색이 바랜 수채화 뒤에서
숨어버린 파랑새

한 줄기 햇살은 헛헛함을 토해내고
냉이꽃 사이로 갈무리하는 노을

마른 갈대 사이로 전해 오는
슬픈 그리움

벌랏한지마을

일자리를 잃은
닥나무의 한숨 소리에
울음 우는 송아지

애석한 봄바람은
한 아름 먼지 보따리만 풀어 놓고

할머니의 까만 봉지를 기다리던
손주 녀석의 나루터엔
웃자란 미나리가
할머니를 기다린다

먼저 간 딸내미를 향한 그리움을
넋두리로 토해내는
팔순 노인 앞으로 드리워진
긴 산 그림자

대청호를 돌던 길이
길을 잃은 곳

한지에 싸서 버린 조각난 기억

자화상

볼 때마다
넌 항상 웃고 있어
마음이 우울할 때도
눈만 마주치면
활짝 웃는 모습으로
날 반겨

넌 늙지도
나이를 먹지도 않아
변함없이 한 자리에 서 있어
그저 의연하게

넌 항상 내 편이야
실수를 할 때도
잘못을 해도
덜 외롭고 덜 슬퍼
늘 웃어주고
속으로 울어주는
네가 있어서

끝까지 함께 가는 거야
활짝 웃는 너와
속으로 울어주는 너와
변함없는 너와
날 사랑해 주는 너와

이방인

서걱거리는
첫서리의 발걸음이
닿기 전
시멘트와 아스팔트 틈새로
얼굴을 내민
노란 민들레 한 송이

어쩌다
낯선 계절에
초췌한 얼굴로 주춤주춤
말을 건네 오는지

긴긴 시간 동안
어느 별 어느 곳에 머물다
척박한 땅에 뿌리 내려

무얼 바라
홀로 피어
찬 서리 겨울바람에
시들어 가는가

어둠이 물고 온
황홀한 아비규환

오늘도 이태원에서
불러보는 그녀의 이름

파도에 밀려온 신발 한 짝

1판 1쇄 발행 23년 02월 22일

지은이 강연순

교정 신선미 편집 이혜리
마케팅 · 지원 이진선

펴낸곳 (주)하움출판사 펴낸이 문현광

이메일 haum1000@naver.com 홈페이지 haum.kr
블로그 blog.naver.com/haum1007 인스타 @haum1007

ISBN 979-11-6440-295-3(13800)